AF561353

ND MAZADE

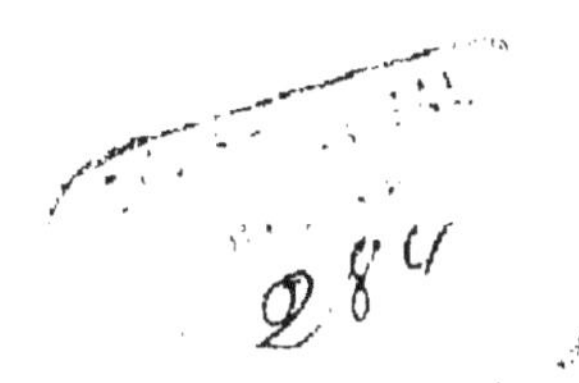

Dionysos et les Nymphes

PARIS
E. FIGUIÈRE, ÉDITEUR
7, rue Corneille, 7

DIONYSOS

ET

LES NYMPHES

DU MÊME AUTEUR :

Arbres d'Hellade, poèmes (19[illegible]2) . . . . 1 plaquette.

Athéna, poèmes (1912). . . . . 1 plaquette.

POUR PARAÎTRE PROCHAINEMENT :

La lyre et le bouclier.

FERNAND MAZADE

Dionysos et les Nymphes

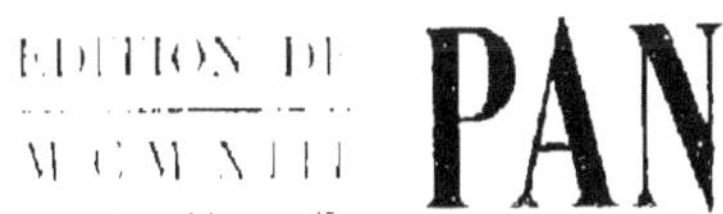

PARIS
E. FIGUIÈRE, ÉDITEUR
7, rue Corneille, 7

Quelques poèmes de ce livre ont été couronnés, en 1911, par la Société des gens de lettres (prix Jacques Normand).

Il a été tiré
du présent ouvrage
cinquante exemplaires
sur papier de Hollande,
numérotés à la presse.

DIONYSOS

L'AMANDIER

Les amandiers d'en bas ont les fleurs toutes blanches ;
Et si je te choisis à ce faîte rocheux,
C'est parce qu'à la neige éparse sur tes branches
S'unissent des flocons vineux.

Je te choisis aussi pour ta tige élégante
Qui, par sa robustesse et sa gracilité,
Figure en ce printemps la jeunesse attachante
Du dieu de la fertilité.

Sur la brèche calcaire où les racines rousses
Vont courageusement puiser le suc vital,
Un nonchalant lézard aspire entre les mousses
L'ardeur du soleil matinal.

Et, sans effaroucher le paresseux reptile,
C'est là qu'en juste hommage à l'orgiaque roi
J'épanche la liqueur d'une amphore d'argile,
Douce pour lui, douce pour toi.

VENDANGE

De larmes pourquoi mouilles-tu ces fleurs ?
Parce que Myrrhine à toi se refuse ?
Vieil homme, viens boire, et sèche tes pleurs.

Les chagrins lascifs n'ont aucune excuse
Lorsque dans sa coupe on peut tour à tour
Verser du corinthe et du syracuse.

Tu n'es pas le seul qu'ait blessé l'amour :
Phryna m'a jadis chassé de chez elle.
Mon beau désespoir n'a duré qu'un jour.

Dès que l'Aphrodite est pour nous cruelle,
A Dionysos hâtons-nous d'offrir
Ce que nous avons de force et de zèle.

Certes, tel baiser fut doux à cueillir ;
Mais, selon le temps, la cueillette change.
Change de désir ; change de plaisir ;

Viens : l'automne arrive, et c'est la vendange.

LE DIEU DU VIN

L'immortel dont la gloire illustre notre sol,
Le dieu si naturel que des fous l'ont cru fol,
Le roi qui lie en lui l'ardeur avec la grâce,
Tu vas, dans un instant, l'admirer face à face.

Afin de visiter l'île claire où, jadis,
La noble Lysione et l'exquise Syrtis
Dirigèrent les jeux de son adolescence,
Il a gravi, d'un pas qu'un cymbalier cadence,
Les monts qui, revêtus de sinople vivant,
Opposent au délire injurieux du vent

Leur grandeur taciturne, immuable et féconde.
Et sur un des plus beaux sites de notre monde,
Jamais l'arche du ciel n'eut un plus doux éclat.

Contemple les attraits du fils de Séméla :
Elancé, souple et droit comme un jonc de l'Euphrate,
Il est chaussé de hauts cothurnes d'écarlate
Et porte, à la façon de la reine Artémis,
L'agrafe d'émeraude et la blanche exomis.
Nus, le bras dextre et la moitié de la poitrine
Brillent d'une clarté brune d'aventurine,
Ainsi que, sous la mitre au double ruban bleu,
Le visage superbe et délicat du dieu.
Des yeux noirs la magie est fière et réservée ;
Et la bouche, aux deux coins tendrement relevée,
A la rouge fraîcheur d'une coupe de vin.

Ecoute : un bruit confus de voix sort du ravin,
Monte de la bruyère et court dans le feuillage ;
Et j'entends la syrinx aigrelette et sauvage

Répondre à des tambours pleins d'une brusque ardeur.
Les thyades ont vu Dionysos. En chœur,
Les longs cheveux épars sous la couronne verte,
Les regards éperdus, la gorge découverte,
La tunique haussée au-dessus des genoux,
Elles viennent, dansant avec des rires fous
Aux sons des tympanons qui de sueur ruissellent.
Non sans froideur, le dieu baisse les yeux vers elles ;
Puis, d'un geste où le feu de l'émeraude luit,
Il les force soudain à se cacher de lui ;
Et, suivi seulement du joueur de cymbales,
Il descend jusqu'aux prés foulés par des cavales.

Au bord du Biblinos dont miroitent les eaux,
Il reconnait ici les touffes de roseaux,
Là les nymphéas blancs, en amont la tour jaune,
En aval le petit temple de Perséphone
Et plus loin les autels d'Hermès et d'Apollon.
A chaque pas, il trouve à travers le vallon
Les fleurs qu'il y trouvait dans son adolescence.
Il se rappelle, après plus de vingt ans d'absence,

Qu'il planta cette vigne et greffa ces figuiers.
Il se souvient d'avoir, au détour des sentiers,
Vu s'enfuir autrefois, de même qu'à cette heure,
Le lézard ou l'hermine ou le faon qui s'épeure.
Le fleuve n'a changé ni de chant ni de jeu.
Il semble qu'éternels, divins comme le dieu,
Les eaux, les végétaux et les bêtes de l'île
Conservent comme lui leur charme juvénile.

Mais où sont Lysione au maintien élégant.
Et Syrtis au sourire embaumé d'origan ?

Le fils de Séméla s'est assis sous la treille
Où, jadis, en cueillant une grappe vermeille,
Syrtis, par un beau jour tout pareil à ce jour.
Pour la première fois lui dit des mots d'amour ;
Et c'est aussi parmi ce pampre qui rayonne
Qu'il reçut le premier baiser de Lysione.
Ce sont de ces bonheurs qu'on ne peut oublier.
Et, cependant qu'avec langueur le cymbalier

Frappe l'un contre l'un les deux disques de cuivre,
Longtemps Dionysos, le dieu du vin, s'enivre
D'une chose plus forte et douce que le vin.

✡

Et l'on sait à Naxos que, lorsque l'ombre vint
Et que les fleurs du ciel commencèrent d'éclore,
L'immortel fils de Séméla rêvait encore.

SILÈNE

Quoique, parmi les flots d'un ciel aux bleus très purs,
La lune en ce moment vogue vers l'Acropole,
La moitié de la ville, et non pas la moins folle,
Est comme enveloppée en des tissus obscurs.

Aussi, le long des toits, avons-nous à des hampes
Suspendu de vermeils et crépitants flambeaux ;
Et nos femmes, portant leurs atours les plus beaux,
Se montrent sur les seuils, entre de hautes lampes.

Le vieux dieu phrygien qu'on fête cette nuit
A traversé déjà la place des Grands-Ormes.
De là-bas, de tout près, montent des cris énormes.
Le hibou de Pallas jusqu'aux temples s'enfuit.

Le cortège nombreux, obscène, et qui serpente,
Avance maintenant sous des arceaux de fleurs.
Nus malgré la tunique aux barbares couleurs,
Voici le baladin et voici la bacchante.

Farouches, stimulant des porcs avec l'épieu,
Voici les égorgeurs aux pieds noirs, aux mains rouges.
Voici les jeunes gens qui couchent dans les bouges.
Et puis, voici les boucs. Et puis, voici le dieu.

Il a les yeux étroits, obliques du satyre,
Sous un front balafré par un pampre flétri.
Grasse et ronde, sa bouche a tout le jour souri ;
Et, si triste qu'il soit, il peut encor sourire.

Car il est triste, hélas, étant de ceux qui n'ont
Dans le silence exquis jamais versé de larmes,
Hélas, étant de ceux qui n'ont connu les charmes
D'aucun désir secret, d'aucun rêve profond.

Et vainement, monté sur une ânesse pleine,
Il sourit en flattant sa bête de la voix.
Je vois que son regard nous évite : je vois
Que le divin Silène a honte de Silène.

THYADE

Parmi les feuillages amis
Des pins trapus, des bouleaux grêles,
Les merles, puis les tourterelles,
Par couples se sont endormis.

Sous sa chevelure qui vole
S'épanchait une âcre sueur
Quand, près de la colline en fleur,
Irene a fui la danse folle.

Elle a jeté le javelot
Qu'entoure un double lierre sombre.
Elle a laissé tomber dans l'ombre
Le tambour au triple grelot.

Afin de disperser sa fièvre
Aux haleines du soir calmant,
Elle a défait nerveusement
L'agrafe de la peau de chèvre.

Devant la source où les oiseaux
Demain matin reviendront boire,
La grande rose presque noire
Parfume les pâles roseaux.

C'est à deux pas de la fleur brune
Que le pied d'Irène a glissé.
Une grenouille a coassé
Tandis que paraissait la lune.

Et, sous l'astre victorieux
Dans la nuit douce et grandiose,
Entre les roseaux et la rose,
La bacchante ferme les yeux.

LES FIGUIERS

Nourris de l'air salin et du sable argenté,
Les figuiers d'Eleusis valent qu'on les admire :
Ils ont de l'harmonie et de la majesté.

Le bel ennui des bois ne leur saurait suffire :
Nés au bord du mouvant abime, ils aiment voir
L'onde que le vent crèpe ou que l'écueil déchire.

L'écorce de leur tronc, lisse comme un miroir,
Se plait à refléter en frèles lignes d'ombre
Les longs vols d'alcyons que rassemble le soir.

Ces arbres fortunés, aux feuilles d'un vert sombre,
Gardent le souvenir du bruit qu'en se sauvant
Fit la flotte persane aux mâtures sans nombre.

Devant eux, chaque jour, dès le soleil levant,
Salamine du golfe émerge, rose et noire :
Et leurs fruits, qu'inventa Dionysos enfant,

Ont sous la peau vineuse un parfum de victoire.

LE SUREAU

De ses fleurs glorieux il embaumait la nuit
Quand, sous l'Areture, l'autre année,
Théocrite, il me plut de marier à lui
La vigne que tu m'as donnée.

De noble espèce antique, elle était jeune encor,
Toute petite, toute grêle ;
Et l'arbre vaniteux s'imagina d'abord
Trop splendide et trop grand pour elle.

Mais, très vite, poussant de flexueux rameaux,
　　Des bourgeons d'or, des vrilles blanches,
Elle le caressa de ses tendres réseaux,
　　Elle s'enlaça dans ses branches.

Et, cet été, voici qu'elle l'a recouvert
　　Lascivement jusqu'à la cime,
Sans qu'il tente de fuir l'amour qui le conquiert,
　　L'excessif baiser qui l'opprime.

Couronné de raisins déjà presque mûris,
　　Il plie, il chancelle, il se livre :
Sureau comme on n'en voit jamais en ce pays,
　　Mon cher Théocrite, il est ivre.

L'ETRANGER

Au bord de l'Eurotas dont l'eau berce le cygne,
Le sol rouge est planté de ceps chargés de fruits ;
Et, parmi ces raisins aussi bleus que des nuits,
Une nymphe se dresse et vers moi fait un signe.

« Arrête-toi, passant que la ronce égratigne.
Prends. C'est pour toi qu'est la vendange et que je suis. »
Mais je baisse la tête, et, tremblant, je m'enfuis.
— Que la grive, que le renard pillent la vigne !

Et que ce soit le céramiste ou le berger
Qui coure sur la nymphe et devienne son maître !
Sparte ne me doit rien : je suis un étranger :

Tel est mon ciel natal qu'on ne peut sans danger
Révéler quelles fleurs sa lumière voit naître :
Et, s'ils savaient mon nom, le pâtre et l'imager

M'insulteraient sans doute et me tûraient peut-être.

IVRESSE

Voici qu'en magnifique arroi
Je m'évade d'un affreux songe.
Quand j'avais peur, c'est d'un mensonge
Que je viens d'écarter de moi.

Apportez les corbeilles pleines
De raisin lourd, d'amour léger !
Je ne suis pas un étranger :
Tous mes aïeux sont des Hellènes.

A la place du rêve noir,
Un désir rose et bleu se lève.
Si le jour physique s'achève,
Pour mon cœur ce n'est pas le soir.

Le long de la rive fleurie,
Que résonne le tympanon !
Les imagers savent mon nom ;
Les bergers savent ma patrie.

Parce que jadis il m'a vu,
Vers moi nage et vole le cygne ;
Et la nymphe me fait un signe
Parce qu'elle m'a reconnu.

La voix de la forêt natale
Répète mes jeunes aveux.
Au bruit du tympanon je veux
Mêler le bruit de la cymbale.

En ce crépuscule d'été
Mon printemps ivre se réveille.
Apportez la double corbeille
Où tient la double volupté !

Tous deux charmants, tous deux ensemble,
L'amour léger, le lourd raisin,
Je vais les ravoir dans la main :
Et c'est de bonheur que je tremble.

COUPE

Comme celle d'Anacréon, elle est d'argent :
Et sur ses contours on admire
Deux ménades tenant la serpe et vendangeant
Près d'un sylvain qui les fait rire.

On y voit un pressoir d'écume couronné,
Et le jeune Eros et Bathylle
Foulant, en une danse au mode efféminé,
La grappe joyeuse et fertile.

Des plus illustres vins que le sud nous donna
Ma coupe a tenu le délice.
Aux soirs d'été, les Aspasie et les Cydna
Y rafraichirent leur caprice.

Comme celle du beau poète de Téos,
Elle est profonde, elle est luisante ;
Et les ardents joueurs de cithare et d'aulos
Peuvent témoigner qu'elle chante.

AMPHORE

L'artiste était pieux et raffolait du vin ;
Et son œuvre révèle avec la même grâce
Le penchant au plaisir et le sens du divin.

Aux anses de l'amphore, où le pampre s'enlace,
Se recourbent les corps deux fois ingénieux
D'un sémillant pastour et d'une nymphe lasse.

Autour du col s'étire un Narcisse orgueilleux ;
Et l'on voit rougeoyer sur la panse du vase
Un cycle de héros, de monstres et de dieux

Bellérophon conduit le galop de Pégase ;
Zeus poursuit un Amour qui d'un trait le brûla ;
Cypris n'écarte pas le flambeau qui l'embrase ;

Et, derrière le fils béni de Sémélа,
Dansent le vieux Silène et la jeune thyade,
Puis, çà et là, des boucs fougueux et, çà et là,

Les aigipans les plus dissolus de l'Hellade.

PAN

PAN ET PHIDIPPIDE

Pan, tel qu'il apparut au coureur Phidippide,
Est grave et puéril, perspicace et stupide.
Il doit aimer le bien. Il doit aimer le mal.
Gracieux et grossier comme un jeune animal.
Il s'éjouit d'un rien, et d'un rien il s'éplore.
Il semble tout savoir, et pourtant il s'ignore.
Il attire, il amuse, et pourtant il fait peur.

C'était l'heure où des eaux s'élève une vapeur
Que le soleil baissé colore d'améthyste.
Du mont Parthénion descendait un chant triste

D'arbustes frissonnants et de fauves couchés.
On croyait voir frémir la pointe des rochers.
L'air frais sentait le musc, le myrte et le concombre.
Tégée était, au loin, un cercle gris dans l'ombre :
Une lampe éclairait parfois l'angle d'un mur.
Et la lune émergea d'un nuage d'azur.

Haletant, altéré par une longue course,
Phidippide buvait au fil clair d'une source
Quand retentit soudain la voix de l'immortel.
« Dans Athènes, pourquoi n'ai-je pas un autel ?
Les hommes, cependant subtils, de ta patrie
Ignorent-ils que je féconde la prairie,
Que je gonfle la grappe et préside aux troupeaux ?
Je peuple les étangs d'ables et de carpeaux.
Je répands au milieu des fleurs les tourterelles. »
Et, ses deux pieds fourchus posés sur les airelles,
Un index enfoncé dans sa barbe au flot noir,
Le dieu ne cessait pas de se faire valoir ;
Et Phidippide, en écoutant cette parole
Admirable et burlesque, éloquente et frivole,

Se sentait pénétré d'un singulier émoi.

« Je suis très beau », proclamait Pan. « Regarde-moi.
Le front de Déméter, le front de Zeus sont mornes.
Le mien est magnifique et charmant : j'ai des cornes.
Les grands yeux d'Artémis ne sont que lumineux.
Considère les miens : ils sont troubles. En eux,
Ternissant les reflets du ciel et des fontaines,
Se mêlent les langueurs des grottes incertaines
Et les obscurités du marécage mort.
Ta Pallas Athéna porte une robe d'or.
Arès ne sait marcher qu'à l'appel des trompettes.
Moi, je cours sans musique et nu comme les bêtes.
Nul autre dieu d'Hellade ou d'ailleurs ne me vaut,
Car j'ai le pied d'un bouc et le mufle d'un veau. »
Et Pan, avec fierté, laissa choir de sa lèvre
Un meuglement de bœuf, un bêlement de chèvre.
Malgré lui, Phidippide eut un rire joyeux.

Le dieu l'envisagea durement, à pleins yeux,

Et gronda : « Quelle est donc cette gaîté suspecte ?
Me prends-tu pour un sot ? Je veux qu'on me respecte.
Tu vas, homme effronté, connaître qui je suis. »
Et, saisissant un olivier couvert de fruits,
L'immortel l'arracha de la friche crayeuse,
Puis le fit tournoyer sur sa tête orgueilleuse.
Et quoique Phidippide, à ses pieds étendu,
Lui rendit maintenant un hommage éperdu,
Pan agitait toujours l'arbre dont les fruits pâles
Se dispersaient dans l'ombre et chassaient les cigales.

« Je suis un dieu terrible en même temps que beau.
Comme on renverserait un futile flambeau,
Je puis sur ton échine abattre la montagne.
Aucun cortège vain, le soir, ne m'accompagne.
Mais n'ai-je pas ma flûte ? et son chant suffirait
Pour que, vers toi, surgis du fond de la forêt,
Bondissent le lion, la louve et la panthère.
Je puis sous ta sandale entre-bâiller la terre. »
Et Pan frappa le sol qui tout à coup s'ouvrit.

Phidippide hurla d'épouvante. Son cri

Fit rire l'immortel à la sombre barbiche.
Un instant, à travers le taillis et la friche,
On entendit le bruit léger du ruisseau bleu.

Et devant Phidippide émerveillé, le dieu
Replanta l'olivier qui n'avait plus d'olives.
« Reprends racine. Allons ! je veux que tu revives ;
Pauvre arbre ! excuse-moi de t'avoir secoué. »
Et, soufflant dans sa flûte, enfantin, enjoué,
Sur l'herbe humide où s'allumaient les lucioles,
Pan se courba soudain, et fit des cabrioles.

LES ENGOULEVENTS

Pour punir l'avarice imbécile du pâtre,
Pan vient de diriger vers le parc de brebis
Quelques engoulevents au plumage brunâtre.

Écarquillant leurs yeux d'or piqué de rubis,
Ils tracent au-dessus du troupeau qui repose
Des entrelacs traînants et des cernes subits.

Immodestes et laids sous l'Ourse frais éclose,
Ils tiennent grand ouvert leur court bec moustachu
Où s'engouffre avec bruit l'air parfumé de rose

C'est un bourdonnement presque ininterrompu,
Un sinueux fredon, un circulant murmure
Qui réveille le pâtre avare et saugrenu.

Celui-ci, tout de suite effaré, se figure
Qu'une nymphe envolée et de frêle raison
Tourbillonne en troublant les lois de la nature.

Il ne reconnaît plus le site et la saison :
Et pendant que la nuit semble éclater de rire,
Ce n'est pas le croissant qu'il voit à l'horizon,

Mais la corne insolente et double du satyre.

NYMPHE ET SYLVAIN

C'est une dryade ingénue,
Au cœur farouche, aux yeux poltrons,
Et qui, de crainte d'être nue,
Porte un collier de liserons.

Si jeune que le printemps semble,
Plus jeune encore elle paraît,
Sous la pleine lune qui tremble
En s'inclinant vers la forêt.

Parce que saute une rainette
Sur le roc blanc, sur le roc bleu,
Parce que vole une chouette,
La petite nymphe s'émeut.

Souvent elle change de route.
Elle se cache au moindre bruit.
C'est la première fois sans doute
Qu'elle va seule dans la nuit.

Un sylvain surgit des fougères.
L'œil allumé, que cherche-t-il ?
Quels doux effluves accélèrent
Son désir brutal et subtil ?

Parmi les feuilles il regarde.
Il renifle. Il brise un rameau.
Il dresse sa face camarde,
Bondit, renifle de nouveau.

Il quête. Il pirouette. Il vire.
La dryade est à quelques pas :
Il en est sûr : il la respire
Et pourtant ne la trouve pas.

Et tandis que, bouillant de rage,
Il fuit de hallier en hallier,
La petite vierge sauvage
Sort du tronc d'un micocoulier.

MIDI

De ses rayons épais, cruels et magnifiques,
Midi frappe les flots qui, fiévreux et plaintifs,
Viennent se déchirer au corail des récifs
Et défaillent parmi le goémon des criques.

Sur le coteau voisin, la céleste splendeur
Cuit les figues, les noix, les raisins et les cormes.
Des serpents, des oiseaux, des bêtes multiformes
Gisent dans une étrange et funeste torpeur.

Mais, au sein d'un vallon flatté par le zéphyre,
Le lac qu'un divin geste a naguère formé
Cache sous le feuillage ombreux et parfumé
Une onde fraiche et verte où se baigne un satyre.

Et si vif pour cet être est l'attrait de cette eau
Qu'il n'entend pas un son tout proche de cymbales
Et ne voit pas vers lui courir les nymphes pâles
Que l'effrayant soleil fit s'enfuir du coteau.

LE JEUNE CHÈVRE-PIED

Je l'aperçus de loin, à l'ombre d'un genièvre.
Ses pieds étant fourchus, ses poils noirs et frisants,
Je supposai d'abord que c'était une chèvre.

Mais je fis quelques pas sur les cailloux luisants
Et vis se préciser sa forme séductrice :
Il avait la longueur d'un homme de quinze ans.

Couché parmi des fleurs au bleuâtre calice,
Il dormait, semblait-il, d'un suave sommeil :
Je pensai qu'il rêvait d'un tout prochain délice.

Son corps paraissait frêle et, par endroits, vermeil,
Car, au-dessus de lui, les onduleuses branches
Laissaient parfois glisser des gouttes de soleil.

Soigné comme un éphèbe, il avait les mains blanches.
Sa droite avait lâché la flute de roseaux
Qu'un rayon éclaira sur l'une de ses hanches.

Sa barbiche ignorait l'usage des ciseaux :
Elle était fine et longue : et ses graciles cornes
Servaient en ce moment de perchoir aux oiseaux.

Je remarquai soudain qu'il avait les yeux mornes,
Que sa bouche saignait, pleine de mouches d'or :
Et je m'enfuis, saisi d'une terreur sans bornes.

Dieux grands ! se pourrait il qu'un petit dieu fût mort ?

PETIT BOUVIER

Sous le grand merisier qui n'a plus de merises
Et d'où tombe parfois un vol de feuilles grises,
Entre la sylve épaisse et les pâtis herbeux,
S'est assis le gardeur de vaches et de bœufs.
A peu près nu malgré la fraîcheur de l'automne,
Il est coiffé du moins par un pétase jaune
Et porte une ceinture où reluit un couteau.
Court de taille, il n'aura ses douze ans que bientôt.
Comme un satyre, il montre une oreille pointue,
Une narine large, une lèvre tortue ;

Et, comme le satyre, il est musicien.
Mais, lassé du pipeau qu'il trouve trop ancien
Et sachant que la lyre exige de la pompe,
Il s'est lui-même fait une sorte de trompe
Dont ses bêtes n'ont pas encore ouï le chant.
Par les dieux ! elles vont l'entendre sur le champ,
Car le petit gardeur embouche sa buccine
Et se met à souffler de toute sa poitrine,
Et cependant que, l'un après l'autre, effarés,
Se dispersent les bœufs dans la sylve et les prés,
Une vache, à la fois sarcastique et hagarde,
S'approche du bouvier, mugit et le regarde.

PRAIRIE

Presque chaque matin depuis le nouveau mois,
Chloé cueille ici la cornouille ;
Et, quand elle s'en va, devant elle, parfois,
On voit sauter une grenouille.

Alors une naïade, entr'ouvrant ses yeux bleus
Au fil léger du ruisseau vierge,
Observe, curieuse et craintive, les jeux
Du jour, de l'onde et de la berge.

En plein soleil, du linge et des manteaux blanchis
Sèchent au-dessus des épines
Et, gonflés par le vent qui souffle des taillis,
Affectent des formes divines.

Et, là-bas où bruit la sonnaille d'airain,
Un cercle d'ironiques chèvres
Gardent, autour d'un saule, un vieux pâtre qui vient
De s'endormir la flûte aux lèvres.

LE PEUPLIER

Dressé dans la candide et fidèle clarté
Par qui notre patrie acquiert tant de beauté,
Il aime, dès le seuil de la saison suave,
Présider aux réveils des prés et de l'emblave.
Roi superbe, il paraît dominer les coteaux.
Il est, prince indulgent, rempli de nids d'oiseaux ;
Et sa cime où parfois s'accrochent des nuages
Surveille les sylvains lâchés dans les bocages.

Regarde-le frémir. Ecoute. Au temps jadis,
Les destins l'ont fait naître, en des touffes de lys.

Si proche de ce bord de la rivière blonde
Qu'on ne discerne pas du tendre bruit de l'onde
Le doux chuchotement du long branchage vert
Qu'émeuvent tout le jour les caprices de l'air ;
Et l'on croirait que c'est l'ombre de la ramure
Qui, jouant avec l'eau, lui donne ce murmure.

NUIT

La foulque grise et la sarcelle
Reposent parmi les roseaux.
La clarté lunaire ruisselle
Sur les rochers et sur les eaux.

Heure tiède, infiniment douce.
Les volubilis sont fermés.
Dans les frisures de la mousse
Luisent des insectes pâmés.

Le large chêne se recueille,
Et le long cyprès semble mort.
Nul souffle n'agite une feuille
Près de l'oiseleuse qui dort.

Tout est muet. Mais on devine
Qu'au milieu de la nuit d'été
Va chanter la flûte divine
Qui conseille la volupté.

ÉGLOGUE

Beau pâtre, mon ami, viens sur ce monticule
Où deux pastoures de seize ans
Nous attendent depuis que le gris crépuscule
Est tombé des cieux bienfaisants.

Ne crains rien : tes agneaux reposent dans l'enclave ;
Et si l'ennemi se montrait,
Je pense que ton chien, intelligent et brave,
Par ses abois t'avertirait.

Du reste, le bocage est tellement tranquille,
L'air d'automne est tellement doux
Que sur la feuille morte et même sur l'argile
On entendrait marcher les loups.

Écoute : cette nuit le silence est si vaste,
Si subtil et si fort qu'il peut
Porter du val prodigue à la colline chaste
Le gazouillis du ruisseau bleu.

LA BERGÈRE

Elle n'a pas l'air vif, le geste chaleureux,
Le rire provocant des femmes de ce dème.
Dans ses yeux s'est fixée une douceur suprême
Où semble se mourir un rêve malheureux.

Elle paît des brebis avec un bouc fiévreux,
Par la lande où fleurit une herbe courte et blême.
On croit qu'elle arriva de nuit en ce lieu même
Sur une nef que gouvernait son amoureux.

Ce nocher venait-il d'Asie ou d'Argolide ?
A-t-il une maison rouge au milieu des champs ?
Sillonne-t-il encor la mer glauque et perfide ?

La bergère répond : « Les destins sont méchants. »
Et d'elle, hors ce triste et naïf témoignage,
Nous ne sûmes jamais que quatre petits chants

Qu'elle harmonise au bruit des flots sur le rivage.

PREMIÈRE CHANSON DE LA BERGÈRE

Depuis le début du printemps,
Celui que j'aime, je l'attends
A l'ombre des rameaux chantants.

On dit que toujours il voyage
Et que parfois en ce bocage
Luit son œil oblique et sauvage.

Aux étreintes accoutumé,
De fleurs lascives parfumé,
Il doit m'aimer mon bien-aimé.

Et si, près de l'orme ou du hêtre,
Je n'ai pas encor vu paraître
Ses deux cornes, c'est que, peut-être,

Tantôt là-haut, tantôt là-bas,
Portant la fourche de ses pas,
Il me cherche où je ne suis pas.

DEUXIÈME CHANSON

Il est une époque où l'abeille essaime :
Il faudra qu'un jour je change de loi.
Quand je dis le nom de celui que j'aime,
Les gens du pays se moquent de moi.

Du taillis l'odeur vers le ciel s'élève.
J'espère quitter bientôt ces ravins :
Jamais je n'ai vu mon amant qu'en rêve :
Mais je sais qu'il a des regards divins

Dans l'onde qui court à la mer lointaine,
Des dieux ont le soir miré leur beauté :
Et je veux m'enfuir comme la fontaine
Où tantôt peut-être il s'est reflété.

TROISIÈME CHANSON

Souvent, par les midis d'été,
Je m'endors au creux d'une roche.
Le chèvre-pied de moi s'approche.
Il se penche avec volupté.

Sur mes yeux clos, ma bouche close,
Errent ses regards caressants ;
Et son haleine, je la sens
Passer sur moi comme une rose.

Il me parle. La voix qu'il a
Semble un murmure de feuillage.
Je crois qu'à le suivre il m'engage :
Et je m'éveille : il n'est plus là.

QUATRIÈME CHANSON

Toujours, en ces bois, j'eus le même songe,
Et ce fut toujours le même mensonge.

L'odeur évoquant un parfum de fleur,
C'était d'une rose en effet l'odeur.

La voix qui semblait un bruit de ramure,
D'un arbre en effet c'était le murmure.

L'aigipan lascif, l'aigipan cornu,
Mon amant divin n'est jamais venu.

ARTEMIS

LA CHASSERESSE

Ô jeune voyageur, moins que moi téméraire,
Fuiras-tu les grands yeux qui me firent du mal ?
Artémis n'aime pas qu'on trouble son mystère.

Pourquoi suis-je sorti de l'humble clos natal ?
Qu'allait, devançant l'heure innocente et vermeille,
Chercher ma hardiesse au seuil du bois royal ?

Alors que le vanneau sous les typhas s'éveille,
Que, le long des rochers, éclôt le liseron,
Ce matin même, il s'est produit une merveille.

Écartant les rameaux avec un geste prompt,
La déesse des bois apparut, presque nue,
Argentine, un croissant d'émeraudes au front.

Elle appuya ses pas sur la mousse menue,
Bondit vers le taillis ; et je crus un instant
Qu'elle allait s'éloigner comme elle était venue.

Mais elle s'arrêta, souriante, écoutant
Un proche et vague bruit : peut-être le murmure
Des abeilles dans l'air, des foulques sur l'étang ?

A travers un buisson de myrtil et de mûre,
Un cerf montra soudain son œil sentimental,
Sa courte oreille et son orgueilleuse ramure.

La reine avait tiré du carquois de santal
Le trait barbelé d'or qui jamais ne dévie.
Je vis luire les doigts qui tendaient l'arc fatal.

Et la flèche vola, par mon regard suivie.
Le fauve eut un frisson : il plia le jarret :
Et, ruisselant de pourpre, il a quitté la vie.

☆

Moi, je ne suis pas mort, et je saigne en secret.
Mais, si belle soit-elle, harmonieuse et fraîche,
O jeune voyageur, évite la forêt !

Crains les yeux d'Artémis, plus cruels que sa flèche.

DES JONQUILLES ET DES IRIS

Accepte des vierges rustiques,
Reine des nymphes, Artémis,
Ces jonquilles et ces iris
Nés autour des sources mystiques.

Nous te promettons à genoux
D'essayer de l'être fidèles ;
Mais, contre Eros aux promptes ailes,
Tu devras lutter près de nous.

Tu sais que chaste est notre couche :
Et, très pure, tu veilleras
Sur la pureté de nos bras
Et sur celle de notre bouche.

NYMPHÉE

Si votre nef aborde au très proche rivage,
Chères femmes d'Argos que nous n'oublions pas,
Je crois que par instinct vous conduirez vos pas
Sur le chemin taillé dans la roche sauvage.

En heureux souvenir de nos chasses aux loups,
Nous avons consacré naguère aux oréades
Ce lieu que nous aimons pour ses nobles cascades
Et sa grotte où souvent nous rêvâmes de vous.

Près de l'entrée, un chêne étend ses larges branches
Au-dessus d'un bassin qui mirera vos traits.
C'est là qu'au jour levant viennent, en vols épais,
Boire les merles bleus et les colombes blanches.

Et c'est là que, dès l'heure où reparait Vesper,
Un sylvain, dont l'œil rit et dont la barbe tremble,
Appelle de ses chants et fait danser ensemble
Les nymphes de la terre et celles de la mer.

LE SILENCE

Nous écoutions s'unir parmi l'ombre du bois
L'appel des veneurs et le vôtre,
Dryades à la bouche arrondie ! et ces voix
Ont expiré l'une après l'autre.

Des peupliers couverts d'oiseaux je n'entends plus
Gazouiller les hautes quenouilles.
Dans les iris, au seuil des grottes, se sont tus
Les gosiers gonflés des grenouilles.

La marche du ruisseau sous le pin-parasol
A même arrêté ses murmures :
Et le bruit a cessé que faisait sur le sol
La chute des amandes mûres.

A la cime d'un roc où des rayons blessés
Saignent avant de disparaître,
S'est assis un éphèbe aux longs cheveux lissés
Et qu'entoure un rameau de hêtre :

Jeune homme doux et frêle, au geste si léger,
Aux pâles yeux si pleins d'absence
Qu'à peine devant lui la brise ose bouger :
Il est l'image du silence.

SITE

Des hauteurs où l'aigail, la lumière et le vent
Mûrissent les raisins sauvages et les crèques,
Tu vois à l'occident mousser des iles grecques,
Et tu vois poudroyer des villes au levant.

Sur le versant qui du côté des flots commande,
Des pêcheurs ont construit une hutte en osier
D'où sort, lorsque crépite et flambe le foyer,
L'odeur que l'huile chaude inflige à la limande.

Mais c'est au plus discret penchant de ce coteau
Que, parmi la fraicheur de la nuit et de l'herbe,
Aime se reposer la nymphe qui, superbe,
Aux chasses d'Artémis tient le rouge couteau.

Elle parait aussi cruelle que cette arme.
Rassure-toi, passant jeune et voluptueux :
Maintes fois, infidèle à ses trop chastes vœux,
Du satyre et de l'homme elle accepta le charme.

LES CUEILLEUSES DE MUGUET

Sous la chlamys, notre cœur tremble
Lorsque vous passez dans le bois.
        Rêver ensemble,
            Que vous semble ?
Vous êtes trois : nous sommes trois.

Vous qui savez que, sous le tremble,
Longtemps nous avons fait le guet,
        Sourire ensemble,
            Que vous semble,
Jeunes cueilleuses de muguet ?

Quand le rayon de lune tremble
Parmi le silence divin,
Danser ensemble,
Que vous semble,
Comme la nymphe et le sylvain ?

LE BOLET NOIR

La vierge d'Haliarte aux yeux chargés de songe,
Cythno, lorsque nichait le printanier bouvreuil,
M'apprenait à choisir, dans la brande et le breuil,
La clavaire : un corail, la morille : une éponge.

Quand l'automne s'étend, subtil comme un mensonge,
Et que se lèvent tard l'hermine et l'écureuil,
Je vais, seul et pensif, parmi le chèvrefeuil,
Cueillir l'hydne rugueux avec la douce oronge.

Aime la coulemelle au parasol cendré ;
Aime la chanterelle au calice doré :
Tu les découvriras sous l'ombrage du coudre.

Mais aucun agaric ne vaut le bolet noir
Qui pousse aux bords boisés des chemins blancs de poudre,
Le cèpe qu'en rêvant Cythno cherchait le soir

Qu'un orage soudain la frappa de sa foudre.

L'OISELEUR

Ce jeune esclave aux doigts rouges du sang des mûres,
Au front marqué de noir,
Marche dans la fraîcheur légère des verdures,
Cruel sans le savoir.

Il ne voit pas que, d'arbre en arbre et fous de haine,
Le suivent les ramiers
Dont il emporte aux plis de son surtout de laine
Les petits effrayés.

Et si, droites au seuil des caverneuses roches,
Les dryades, là-bas,
Jettent vers l'oiseleur de soupirants reproches,
Il ne les entend pas.

Il ignore, ce jeune esclave aux mains brutales,
Que la blanche Artémis
Interdit que l'on touche à ces deux êtres pâles :
La colombe et le lys.

L'ÉCUREUIL.

L'animal que tu pris au piège, sous l'hièble,
Et qui, bien que sauvage, a l'aspect si poli,
Épargne-le, Dryas, parce qu'il est joli,
Parce qu'il est naïf et parce qu'il est faible.

Il a peur ; mais, pudique, il cache son effroi.
Je lui vois du chagrin, et non de la colère.
S'il est vrai que tu sois désireux de me plaire,
Cet écureuil farouche et doux, donne-le moi.

Dans la cage où le mit ta vanité brutale,
Ses voltes, ses élans, ses bonds semblent languir :
Il paraît ne jouer que pour nous divertir.
Permets que je le rende à sa forêt natale.

A quoi te servirait de te montrer cruel ?
Sa fantaisie étouffe en nos ombres recluses :
Et bientôt il mourra si tu me le refuses.
Laisse-le retourner à la clarté du ciel.

Qu'il grimpe de nouveau sur le hêtre ou le chêne,
Ou se balance encor parmi le noisetier :
Comme naguère libre, heureux, prime-sautier,
Qu'il cueille l'aveline ou le gland ou la faîne.

Et peut-être demain, peut-être cette nuit,
Au plus épais du bois, en haut de la montagne,
Saura-t-il retrouver sa dispose compagne
Et dans un arbre en fleurs referont-ils leur nid.

LE GENEVRIER

Là-haut où la rafale a coutume de battre,
Il s'agriffe aux débris de la roche rougeâtre
Que d'âge en âge il fit éclater peu à peu.
A sa cime, la foudre a mis le sceau de feu.
A son pied, célébrés par un couteau néfaste,
Les noms entrelacés d'Œdipe et de Jocaste
Rappellent qu'une fois, sous le feuillage noir,
Un couple incestueux et royal vint s'asseoir.
Mais, en ces lieux altiers et non toujours funestes,
D'autres amants plus chers aux dieux et plus modestes

Allièrent leur rêve ainsi que leurs regards
Tandis que, descendu des nuages hagards,
Le gerfaut grivelé chassait la tourterelle.

Le vieux genévrier, dès la saison nouvelle,
Épanche sa résine aux mains des embaumeurs ;
Et, quand les premiers froids naissent sur les hauteurs,
A la magicienne il propose les baies
Qui calment le délire et qui charment les plaies
Et dont Pan s'éjouit, pour la nymphe au col blanc,
De former l'autre année un atour odorant.

LES PINS

Jadis on nous ornait de bandelettes blanches,
De roses en couronne et de patènes d'or.
Vous le voyez, passants : l'autel existe encor
Que vos pères avaient élevé sous nos branches.

Si vous ne croyez plus qu'une divinité,
Qu'un adorable esprit, qu'une dryade auguste,
Habite notre tige élégante et robuste,
Vous devez toutefois croire à notre beauté.

Et lorsque vous venez à l'ombre de nos porches,
Vous vous rappellerez peut-être que c'est nous
Qui vous abandonnons le baume le plus doux,
Les larmes de l'encens et la sève des torches.

Et, sinon parce que nous abritons des dieux,
Du moins pour les raisons que nous vous avons dites,
Pour notre belle forme et nos autres mérites,
O passants, vous ferez ce qu'ont fait vos aïeux :

De cet heureux autel que la vigne enguirlande
Et qu'ils baignaient de lait et frottaient de parfum,
Vous vous approcherez lentement, un à un ;
Et vous déposerez la rituelle offrande.

LE CHATAIGNIER

Il offre un lit feuillu quand le soleil descend.
Il donne un frais couvert quand le char d'or s'élance.
Il conseille le calme et la munificence
Depuis mille ans qu'il croît sur ce raide versant.

Ses fruits dont l'enveloppe a l'air dur et blessant
Ont nourri de leur saine et friande substance
L'oréade qui rêve et l'aigipan qui danse,
Le sanglier féroce et le pâtre innocent.

A son tronc est fixée une Artémis d'argile,
Image que parfois un chasseur vient prier
Avant que de courir la gazelle subtile.

Et nos sages vieillards se gardent d'oublier
Qu'au seuil bleu de la nuit, jadis, Anaxagore
Debout parmi les hauts rameaux du châtaignier

Regardait les bouquets des étoiles éclore.

LES GRENADIERS

Pour vous d'abord, et puis parce que vos massifs
Participent au charme extrême
D'un bois antique et cher aux Hellènes pensifs,
Grenadiers frileux, je vous aime.

Au printemps où s'ouvraient comme des cœurs blessés
Vos très hautes fleurs purpurines,
Les vierges de l'Attique avec leurs fiancés
S'égratignaient à vos épines

Maintenant, c'est l'automne, et c'est par-ci par-là
Vos feuilles mêmes qui rougissent,
Arbres au pied desquels autrefois ruissela
Le sang cruel des sacrifices.

Et lorsque vos fruits mûrs tremblent aux feux du soir
Dans les bruits des vents pathétiques,
Le poète ingénu croit entendre et croit voir
Des éclats de rires tragiques.

LES HÊTRES

Suis-moi ; mais que ta lèvre et ton pas soient discrets.
Il faut pieusement s'approcher de ces hêtres
Échappés à la mort de nos vieilles forêts.

Sous l'ombrage amical de ces arbres, des prêtres
Ont dit les dieux et des chanteurs ont dit l'amour :
Sous ces arbres sacrés ont rêvé nos ancêtres.

En ce lieu qu'à présent ne hante qu'un pastour,
Des enfants aux pieds blonds, des vieillards au front blême
Ont béni par milliers la lumière du jour.

Combien ont vu venir ici l'heure suprême ?
Nombrerais-tu, mon fils, combien de nos aïeux
Sommeillent pour jamais à cette place même ?

Moi, j'ai le sentiment que quelque chose d'eux,
Un peu de ce qui fut leurs ingénus visages,
Une goutte de sang, un regard de leurs yeux

Circule dans ces troncs et court dans ces branchages.

LE ROSSIGNOL

Depuis que s'est fleuri le sol
Et que s'est azuré le ciel,
Dans ton mystère solennel,
O soir, chante le rossignol.

Et l'hymne est si mélodieux,
Il est tellement émouvant
Que demeurent silencieux
La source et la feuille et le vent.

Pendant que les sons cadencés
Montent parmi l'odeur des lys,
D'un bras qui tremble un peu Daphnis
Enlace Ismène aux yeux baissés.

Et c'est parce que, dans ce bois,
Cette bergère et ce chasseur
Vinrent écouter cette voix
Que l'amour a touché leur cœur.

LA RIVIÈRE

Avant de parvenir au bois de volupté,
Elle a su l'âpre orgueil de la froide montagne,
La berge versatile et le lit tourmenté.

Elle a senti l'immense ennui de la campagne,
L'immuable langueur des pays découverts,
Les tristes feux que pas un souffle n'accompagne.

Mais, oubliant ces champs brûlés, ces rocs déserts,
Voici qu'elle s'élance et court entre les rives
Qui, dès l'orée ombreuse, allongent leurs bras verts.

Des œillets sont éclos sur les relais déclives :
Et leur parfum s'unit à celui des lauriers.
Par l'air allègre et pur passent des chansons vives.

L'ombre avec les rayons sont ici mariés :
Ralentie à présent, la rivière s'attarde
A refléter les jeux du jour dans les halliers.

Elle s'amuse à voir la gracieuse harde
Des biches et des cerfs se pencher doucement
Vers son onde où déjà le lotos se hasarde.

Elle se réjouit d'être le bain charmant
Des nymphes aux cheveux épars sur les épaules.
Et c'est contre son gré qu'arrive le moment

D'entrer dans la prairie où l'attendent les saules.

LES SAULES

Le long de la rivière aux frémissantes eaux,
Ils paraissent marcher à côté des roseaux
Dès que souffle le vent capricieux d'automne.
Ils sont si délabrés que leur vigueur étonne ;
Et l'on sourit de voir que, bossus, laids et vieux,
Ils portent un feuillage exquis, jeune et joyeux.
Quand midi brille et brûle, on trouve, sur la mousse
Epandue à leur pied, l'ombre ondoyante et douce
Que pour faire la sieste aime le pastoureau.
Ils donnent au vannier le flexible rameau

Qui va créer la nasse ou former la corbeille.
Dans leur tronc crevassé loge souvent l'abeille ;
Parmi leur frondaison se balance le geai ;
Et quelquefois, le soir, sous un ciel orangé,
On distingue de loin, entre leurs branches basses,
L'heureuse nudité de deux nymphes qui passent.

TABLE

TABLE

Pages

Dionysos 9
L'amandier 11
Vendange 13
Le dieu du vin 15
Silène 21
Thyade 25
Les figuiers 29
Le sureau 31
L'étranger 33
Ivresse 35
Coupe 39
Amphore 41
Pan 43
Pan et Phidippide 45
Les engoulevents 51
Nymphe et sylvain 53
Midi 57
Le jeune chèvre-pied 59
Petit bouvier 61
Prairie 63

Pages
Le peuplier. 65
Nuit 67
Églogue 69
La bergère 71
Première chanson de la bergère 73
Deuxième chanson 75
Troisième chanson. 77
Quatrième chanson. 79
Artémis 81
La chasseresse. 83
Des jonquilles et des iris. 87
Nymphée 89
Le silence 91
Site 93
Les cueilleuses de muguet 95
Le bolet noir. 97
L'oiseleur 99
L'écureuil 101
Le genévrier 103
Les pins 105
Le châtaignier 107
Les grenadiers 109
Les hêtres 111
Le rossignol 113
La rivière 115
Les saules 117

ACHEVÉ D'IMPRIMER

pour les éditions de

PAN

sur les presses

DE L'IMPRIMERIE ED. JOLIBOIS, DE BAR-LE-DUC

le seize janvier mil neuf cent treize

www.ingramcontent.com/pod-product-compliance
Lightning Source LLC
LaVergne TN
LVHW012019220826
846092LV00001B/413

* 9 7 8 2 3 2 9 7 5 5 3 6 6 *